SOB OS CÉUS DO PLANALTO E OUTROS CONTOS

SOB OS CÉUS DO PLANALTO E OUTROS CONTOS

DULCE BAPTISTA

L·G·E EDITORA

Brasília, 2005

LGE Editora Ltda.
SIA Trecho 03 Lote 1.760 — CEP. 71200-030 — Brasília-DF
Tel.: 61 362.0008 — Fax: 61 233.3771
lgeeditora@lgeeditora.com.br
www.lgeeditora.com.br

Editor:
Antonio Carlos A. Navarro

Autora:
Dulce Baptista

Coordenação Editorial:
Anna Cristina de Araújo Rodrigues

Projeto Gráfico:
Marcus Polo Rocha Duarte

Revisão:
Jaime Robredo e Marília Lindóia Rollo Duarte

Editoração Eletrônica:
Jaime Robredo

Capa
Marcílio Tabosa de Castro

Impressão e Acabamento:
Quick Printer/DF

DADOS INTERNACIONAIS DE CATALOGAÇÃO NA PUBLICAÇÃO(CIP)

Baptista, Dulce
Sob os céus do planalto e outros contos, Dulce Baptista, aut.; Brasília: LGE, 2005.
90p.

1.Literatura, Brasil - Contos. I.Título.

CDU 82-34
82;821

ISBN 85-7238-153-8

visite nosso site: www.lgeeditora.com.br

Sumário

Prefácio

Uma leitura do quotidiano

Em *Sob os Céus do Planalto e Outros Contos*, Dulce Baptista marca sua estréia literária com a segurança dos veteranos. Após um longo processo de amadurecimento de seu processo criativo, apresenta-nos textos de delicada confecção. As características fundamentais de sua prosa são a contenção, o refinamento e a singeleza. Escrever histórias curtas e nelas concentrar toda a carga imagética ou metafórica é atividade que requer perícia e os contos aqui reunidos alcançaram plenamente esse patamar de depuração e burilamento.

Com isso, a palavra foca-se no essencial: a comunicação com o leitor, sem mascarar a linguagem, ou usar de contorcionismos estilísticos ou de qualquer arroubo retórico. Assim como Faulkner, a autora percebeu, durante os anos de consolidação de sua artesania, que, "quando seriamente explorada, a história curta é a mais difícil e a mais disciplinada forma de escrever prosa" e, dessa maneira, esperou o ponto de liga, aquele momento em que qualquer arte prescinde de muletas para caminhar.

Dulce Baptista faz uma prosa tipicamente urbana, ambientada na realidade de Brasília, cidade que, não obstante sua incipiente história, tem uma atmosfera rica de situações, que se constituem em artefato para incursão literária. Apresenta-nos um retrato social e humano que, se é pungente e denso pelas histórias em si, é diáfano no modo de expressá-las, sobretudo por ter adotado um fluxo narrativo despojado e sem peias. Nesse particular, contou sua experiência de leitora e de escritora ciosa de sua responsabilidade estética, preocupada ao longo dos anos com o aprimoramento de seu ofício, evitando, assim, que o açodamento e os primeiros impulsos literários comprometessem o vigor de sua produção. Valeu a espera, porque o resultado é uma obra construída sobre alicerces seguros. Os contos ganham força, na medida em que notamos a preocupação da autora em reproduzir o universo humano, sem alegorias, mas utilizando uma linguagem que mantém um equilíbrio entre a forma e o conteúdo, prendendo o leitor tanto pela sutileza ou tensão de cada história quanto pela psicologia dos personagens.

A autora fugiu a certas tendências ou tentações muito comuns aos neófitos, como o rebuscamento, o pseudo-hermetismo e o abuso de adjetivações e redundâncias, provando assim que se pode tanger a densidade, tendo sua própria dicção, sem se valer do pedantismo vocabular ou da impermeabilidade intelectualóide, que na maioria das vezes transformam o texto num cipoal de incompreensões. Se sua escritura é leve, nem por isso resvalou para a pieguice ou patinou no simplório. Enfocando situações comuns e quotidianas, como a solidão, as angústias pessoais, os pequenos traumas, as ambições sociais e funcionais, a carência de afetos, a ausência da fraternidade e também os sonhos, Dulce se permite lançar um novo olhar sobre o corriqueiro, sem que isso represente requentar ou reciclar velhos temas.

Os contos foram agrupados de maneira a compor um painel distinto da realidade, com suas dores e delícias, muitas vezes concorrentes, que pululam nos diversos territórios, tanto geográficos como interiores – família, escola, escritório, enfim, nos arredores de nossa solidão individual e coletiva. Mapeando o sentido de todas as coisas, fez uma percuciente leitura, como observadora fiel, do quotidiano de uma Capital. Ao lado da emoção e do sentimento que permeiam os textos, há espaço para uma reflexão filosófica, às vezes para um leve humor ou breve ironia.

Sob os Céus do Planalto revela uma autora no pleno domínio da ficção. Preocupada em mergulhar nos problemas existenciais e antenada com as demandas de seu tempo, Dulce Baptista tem tutano para ir mais longe. Em sua pena, as histórias adquirem uma dimensão sublime a partir de um olhar investigativo e ao mesmo tempo poético, alcançando, com isso, o verdadeiro sentido da literatura, sem necessidade de extrapolações ou invencionices, na linha do que proclamou Heráclito de Éfeso: "é preciso seguir-se o comum, pois o universal é comum."

Ronaldo Cagiano

1

SOLIDÃO

Anita

Uma bola de creme, outra de pistache, mais uma de creme. Por cima, uma boa colherada de calda de chocolate e umas castanhas picadas para completar. Taça na mão, um copo d'água mineral bem gelada, confere no caixa, paga, recebe o troco. Concluída essa parte do ritual, Anita se encaminha para uma das poucas mesas vagas que encontra. A tarde é quente, ensolarada, e a sorveteria fatura alto no finalzinho das férias escolares.

O relógio marca quatro horas e há tempo para se ficar parada, saboreando, observando, forçando uma trégua no curso das preocupações. Sim, porque Anita não é mais estudante e não está propriamente de férias. Está simplesmente desempregada – eis o drama! O mundo, segundo lhe parece, não quer fazer jus à sua competência. Enquanto isso, um sorvetinho, de vez em quando, serve para acalmar a ansiedade, que se torna insistente à medida que o tempo passa. Engordará? Talvez, mas esse não é um problema imediato...

Professora por formação, abandonara o ofício tão logo percebeu que teria contas a pagar no dia-a-dia, tais como aluguel e telefone, além de outros compromissos que costumam transformar a pessoa em escravo de Jó. Largou o magistério pela carreira bancária e nunca se arrependeu da troca, tendo em vista vantagens como remuneração decente, assistência médica, até financiamento de casa própria. O banco, como se dizia então, era o mesmo que mãe.

Dez anos se passaram.

Não era pessoa acomodada. Aos primeiros boatos de que iriam "reduzir os quadros" ou "enxugar a máquina," dedicou-se a estudar para todos os concursos que surgiam na cidade. Aprovada finalmente para o Tribunal de Contas, Anita sonha em ser chamada, mas enquanto não é, o tempo passa, voa, e o bendito concurso está prestes a perder a validade.

À sua volta, percebe um pessoal descontraído, falante, uma garotada, algumas mulheres, pequenos engraxates circulando entre as mesas. Deixa-se fazer parte desse cenário por um bom tempo. O marido, aposentado da Câmara dos Deputados, e um casal de filhos adolescentes, aguardam-na em casa. Já é quase noite.

Uma semana depois, Anita analisa, um pouco sem querer, o porquê de preferir estar sozinha com aquele sorvete na frente. Dessa vez, é uma mistura de crocante com *marshmallow*, calda de chocolate – indispensável – e biscoito palito. Trata-se de uma espécie de compensação solitária diante das vicissitudes. E não há por que se culpar. Alberto, o marido, adora ser síndico e com isso, se entretém em horas a fio de compenetrada prosa com o porteiro e o garagista, em prol da segurança e da limpeza do prédio onde moram. Os meninos, como é natural, gastam o resto das férias em festinhas e piscinas.

Quanto a ela, sente por vezes a falta de uma grande amiga com quem possa trocar idéias, da irmã, talvez, que nunca teve. Suas conhecidas estão quase todas empregadas e quando não, os afazeres domésticos absorvem tanto que não há tempo para mais nada. No final das contas, parece que só ela se encontra desocupada, entregue a si mesma em pleno dia útil. Lembra-se de Flávia, uma antiga vizinha que prosperou como dona de padaria; de Nilza, funcionária pública; de Carla, que se tornara uma executiva de prestígio; de Lilian, que vivia metida em política. Todas elas estarão a anos-luz de distância no exato momento em que sente o conteúdo gelado de uma colher de plástico na boca.

O jornal publica pela milésima vez a história de que os concursados serão chamados. Enquanto isso, lá pela sexta semana desde a primeira notícia, terminam as férias escolares e a pirralhada cede lugar a uma certa juventude despreocupada que juntamente com os comerciantes das redondezas continuam a lotar as mesas da sorveteria. Gente que costuma ter metade do dia disponível para bater perna acaba sempre parando por ali. É que aquela é uma entrequadra comercial das mais movimentadas, por conta da variedade de opções que oferece em termos de compras: de remédios a sapatos, roupa de butique, livros, além, é claro, dos comes e bebes.

Senhoras e mocinhas circulam tranqüilas, detendo-se nas vitrines mais atraentes, enquanto o tempo mansamente transcorre, parecendo a Anita que pára mesmo, como que numa estranha relutância em dar seqüência aos acontecimentos. Anita se preocupa com os acontecimentos que terá de enfrentar, dos mais imediatos aos puramente hipotéticos. Dentre os primeiros, incluem-se a compra de uma vassoura nova para a cozinha e de pasta de dente para a família. Tem ainda a viagem de Alberto a Minas para ver o pai doente e a reunião no colégio dos meninos. Marcelo, o mais velho, fora repreendido ao conversar na aula de matemática e respondera com maus modos. Cabe a ela pôr panos quentes na situação. Dentre os acontecimentos hipotéticos, estão a reforma do apartamento, um prêmio na loteria, a chamada para o Tribunal – ah, o bendito concurso...

Mas Anita sempre tenta ser prática, não ocupando a cabeça com tudo ao mesmo tempo, e dessa forma vai levando as coisas. Como não é de ferro, presenteia-se com um pequeno interregno, e é então que a angústia de ver o tempo voar é substituída pela já sentida sensação de inércia. Pelo menos enquanto degusta mais um daqueles memoráveis sorvetes de morango com creme *chantilly* e biscoito champanhe. Na mesa ao lado, chama-lhe a atenção um casalzinho que se dedica ao diálogo mudo de namorados apaixonados. Indiferentes a tudo e a todos, os dois abraçam-se e beijam-se numa confusão de mãos, cabelos e bocas, que parece não terminar. Sem saber por que, Anita procura gravar essas imagens na memória. Entre uma colherada e outra, distrai-se, como se nada existisse a não ser o instante presente.

O chamado à realidade é por conta do moleque maltrapilho que lhe pede uns trocados para pagar o ônibus. Cata as moedas que consegue, não sem antes perguntar onde o menino mora. "Em Samambaia", responde. Poderia ser em Santa Maria ou Santo Antonio – é tudo igualmente longe, e ainda assim parece estranhamente normal que seja tão longe. Lá se vai o garoto.

Março chega ao fim e, com isso, mais um verão de muito calor. O tempo fica tão abafadiço que de repente o céu carregado, ameaçador, parece querer desabar. Anita, como todo mundo, transpira, os sentidos em alerta pressentem raios e trovões.

* * *

Na última sexta-feira do mês, Anita iniciava seu périplo vespertino. Banca de jornais, açougue, farmácia, uma paradinha na igreja para rezar um padre-nosso. Embora não fosse freqüentadora assídua de missa, algo lhe dizia que era preciso rezar de vez em quando. Pediu a Nossa Senhora do Perpétuo Socorro que velasse pela saúde do sogro, pelas notas do Marcelo na escola, para que Adriana fosse sempre uma boa menina, que Alberto continuasse bem ocupadinho como síndico e, finalmente, para que um emprego voltasse a surgir no horizonte. Nem que fosse para ganhar pouco, meu Deus, contanto que desse para comprar os alfinetes e ir ao cinema de vez em quando por conta própria.

A lembrança de um ambiente de trabalho onde a competição coexistia com possibilidades concretas de ascensão em meio a amizades e intrigas, e sobretudo a lembrança de um bom salário, trazem-lhe ao pensamento um cotidiano de luta, de movimento – de bravura, até. O que foi se tornando claro ali na silenciosa penumbra da igreja, é que não sobrevivera, não conseguira permanecer entre os vitoriosos. Correu para a sorveteria.

A noite cai mais cedo e Anita chega em casa com seus pacotes. É carne, remédio para gripe – Alberto voltara de Minas com tosse e nariz entupido – xampus e sabonetes, um livrinho de auto-ajuda, desses que prometem fazer o cidadão sair do próprio túmulo aos pulos. As mãos cheias dificultam a abertura da caixa de correio. Mesmo assim, com algum malabarismo, consegue retirar contas, revistas, papéis diversos. Os poucos dias de ausência do Alberto haviam sido suficientes para que se acumulasse a correspondência já que ela mesma raramente mexia na caixa. No meio de tudo isso, vislumbrou um pequeno envelope em seu nome. "Propaganda de butique", foi o que ocorreu. Ao verificar o remetente, o coração pulou: Tribunal de Contas da União. Chegando em casa, larga tudo na primeira cadeira que vê e lê incrédula sua convocação para o cargo de assistente técnica; o concurso expiraria dali a três dias.

Alberto dorme, com uma ponta de febre, enquanto os meninos assistem TV. Tudo está normal, ou quase. Anita conta a boa-nova aos filhos e fica feliz com a alegria deles. Quando o pai ficar bom, irão todos comemorar na melhor pizzaria de Brasília. Em caráter imediato, porém, os meninos contentam-se com um resto de sorvete de flocos que encontraram na geladeira, e ao qual, a mãe, por motivos que só ela deve saber, nem pensa em aderir.

Tocata e Fuga

O quadrado luminoso monopoliza o olhar. Control, Alt, Del. Entro no mundo virtual, onde converso com você longamente. Temos muitas afinidades: filmes antigos como *Casablanca*, vinho chileno, fondue em noites de frio. Gostamos de música clássica, verdadeiros especialistas em Bach, que somos, com preferência declarada por *Tocata e Fuga*. O desafio é ouvi-la inteira, às vezes, você de um lado e eu de outro, do ciberespaço, em respeitoso silêncio, sem interrupção, sabendo ambos que estamos compartilhando as mesmas notas e harmonias, sempre na sublime execução de Eisler.

Se você fica em transe, não sei dizer; eu me sinto levitar. E sempre voltamos a nos "falar", cada vez mais excitados com as coisas que vamos revelando um ao outro, de forma detalhada e, pelo menos de minha parte, totalmente fantasiosa. Lamento constatar mais uma vez – de mim para mim, claro, e sentindo na carne – que estou longe de ser a gostosona que você imagina. Por outro lado, tento me abster de conjecturas ociosas, do tipo quem é mesmo você, se é o artista plástico que diz ser, com exposições agendadas em Barcelona e Paris, se é loiro, alto, à procura de alguém... Já estivemos prestes a marcar um encontro, lembra-se? Mas em tempo, aliás muito em tempo, desisti. Não quero quebrar o encanto.

São duas da madrugada, tenho corda para conversar, dar largas à imaginação, e sobretudo para conhecer um pouco mais de você. Janelas e janelinhas, senha, sobe e desce de setas, eis-nos mais uma vez "frente a frente". Você reclama de minha demora, eu explico o quanto tenho andado sob pressão, às voltas com prazos superapertados de correção de provas e entrega de notas. Mal sabe você o que andei fazendo o dia inteiro: procurando emprego. Não importa; aqui e agora, sou uma professora de Literatura do curso de Letras, com PhD e tudo. Além do mais, tenho cabelos longos e negros, olhos verdes, mãos macias e, *last but not least,* gosto de ouvir Bach, especialmente nas madrugadas de quinta para sexta.

Você insiste no encontro, ao menos uma vez antes da viagem para a Espanha. Quer que fiquemos frente a frente de verdade, me mostrar peças da exposição, talvez me dar um beijo na boca, tão íntimos já ficamos. Conforme for, quem sabe até viajamos juntos, se não agora, em minhas próximas férias... Fico num beco sem saída.

Penso em Dalva, minha irmã, que me acolhe em sua casa até que eu volte a trabalhar. No computador que ela me empresta generosamente para que eu agilize minhas buscas. Em meu filho, homem feito, fazendo serviço militar. Na mãe dele, minha ex-mulher... Mergulho por instantes nesse quebra-cabeças de imagens passadas e presentes, até que meu olhar se volta novamente para a tela.

Você insiste, eu concordo com tudo, mas proponho que mais uma vez ouçamos *Tocata e Fuga* em silêncio. Só mais essa vez, antes que eu o delete para sempre de minha vida.

FAMÍLIA

2

Era uma Vez em Taguatinga

Chovia ladrão em Taguatinga. Na casinha pequena e aconchegante do Tião quitandeiro, todos mais ou menos pressentiam algum perigo, a julgar pelas pesadas trancas postas na janela e pelo enorme cadeado na porta de entrada.

Já tarde da noite, só mesmo a televisão falava. Seu Tião, depois de um dia muito duro, dormia no quarto que ficava no final do corredor, o bruto revólver debaixo do travesseiro. Como enviuvara há muito, dormia espalhado, roncava, sonhava com os inúmeros ladrões que andavam à solta por aí. Afinal, tinha que proteger sua filha, sua casa, tudo a tão duras penas construído.

Os rapazes, Toninho e Ronaldo, tinham voltado da rua e assistiam àquele filme interminável, cheio de quebra-quebra e gritaria. Sentada no sofá, Lourdes lixava as unhas sem prestar atenção em nada, meio preocupada ainda com as carícias da véspera. Se engravidasse, ia ser um Deus nos acuda – o pessoal ali não apreciava seu namorado.

Mas o velho continuava roncando, nem vira os filhos chegarem – amanhã é sábado; ainda tem venda de manhã. E no sonho intermitente alguém tentava forçar uma porta. Eis que na sala, um tiro... A polícia finalmente dera o ar da graça, e no meio da pancadaria fazia uso do único argumento que poderia intimidar os contendores: chumbo. Aumentaram o volume.

– É agora! gritou Toninho.

– Boa! disse Ronaldo

– Virgem santa! gritou Lourdes e pulou feito gato no rumo do corredor. Tinha ouvido um berro medonho.

– Pega ladrão! Dizia Seu Tião, transtornado. Cadê?

O pijamão frouxo, os lábios trêmulos, o Tião tinha mesmo vindo do outro mundo.

– Pai, pelo amor de Deus, isso é só a televisão!

O velho demorou um pouco a cair em si, tal o barulho que fizeram. A custo foi que Ronaldo arrancou-lhe o trabuco das mãos para escondê-lo debaixo da estante. Depois pensaria numa alternativa melhor. Por enquanto tentava acalmar o pai para que todos pudessem dormir sossegados. Mostrou-lhe trancas e ferrolhos, convencendo-o de que estavam numa verdadeira fortaleza. Lourdes providenciou água com açúcar e Toninho apressou-se em desligar o aparelho.

Mais tarde, no diálogo costumeiro com o travesseiro, Seu Tião desabafava a íntima frustração de ter perdido a única oportunidade em sua vida de ser o maior herói de todos os tempos. Maior que qualquer daqueles fedelhos que apareciam naquele diabo de televisão.

Domesticamente

Pretendia dormir um pouco. Dormir propriamente não; ficar na horizontal, de bruços, o pensamento em branco, uma pausa enfim, depois dos quilômetros dentro de casa entre as fraldas, o banho das crianças e o almoço. O neném há muito ressonava no berço, eram três da tarde. O mais velhinho se esgueirava no escritório, sondando gavetas na busca de canetas proibidas. E o pai já tinha ido para a caminhada dos sábados.

De repente Denise sentiu uma coisa gelada no pé. O que seria? Preferiu imaginar... No semi-cochilo percebeu a mãozinha travessa espalhando pomada; em breves instantes, o pé ficou todo branco.

* * *

Paulinho tinha visto todos os desenhos da TV, mas seus quatro anos de muita pulação pediam movimento. O Pedro no berço, a mãe no cochilo, o pai só voltaria mais tarde. Que fazer? Relanceou o ambiente e se fixou naquelas gavetas secretas – quem sabe, os seus queridos lápis de cor, depois de lindamente apontados, não haviam sido postos ali?

Subiu na cadeira e com a maior seriedade pôs-se a remexer.

E tanto fez, que sob inúmeros papéis incompreensíveis acabou encontrando duas canetas, uma vermelha, outra preta, melhor achado que qualquer lápis do mundo. Escreveu até cansar. Foram dez longos minutos de rabiscação concentrada: revistas, relatórios, circulares, um rabisquinho bem de leve na porta, que era pra mamãe não zangar muito.

Em seguida resolveu pesquisar o banheiro. Havia um armário onde as crianças não podiam botar o dedo. Mas que fascínio: pomadas variadas, vidros estranhos, líquidos avermelhados, cheiros, comprimidos, até esparadrapo e tesourinha. Mas tudo muito alto nas prateleiras... tinha medo de cair. Depois de olhar e refletir bastante, optou pela pomada mais próxima: branquinha, gostosa, devia ser aquela que a mãe passava no bumbum do Pedro.

Pensou em fazer um curativo. Aonde? O neném choraria logo, nem adiantava. Correu célere, então, antes que lhe escapasse a idéia e colocou-se diante da mãe, que dormia, o pé à mostra sobre a colcha. E aí, enchendo-se de muita compenetração iniciou o curativo-estátua. Que beleza! A mãe no sono e Paulinho trabalhando... Daí a cinco minutos o pé ficou todo coberto, o tubo vazio, e abriu-se o sorriso triunfante no rosto mais levado desse mundo.

Denise não teve coragem de dizer nada diante de tal sorriso. Limitou-se a tentar tirar aquele grude, mas já o Pedro berrava exigente. Tinha acordado ensopado e com a fralda recheada. Pulando de um pé só, Denise tentava se desincumbir do seu papel de heroína do lar, enquanto o querido Paulinho exultava:

– Mãe! Vou contar pro pai que você virou Pererê!...

ESCOLA

3

Tempo de Escola

O professor Benigno lecionava inglês. O aspecto era inconfundível: fios de cabelo penteados de uma orelha a outra disfarçavam a calvície – pelo menos a intenção era essa – e despertavam o espírito de zombaria nos alunos. Terno folgado para seu tamanho, fazia um gesto característico, sempre imitado, que era o de esticar impetuosamente o braço esquerdo para a frente com o objetivo de enxergar o relógio no pulso. Sempre bem-humorado e conversador, preferia, no entanto, narrar as peripécias dos netos a dar aulas de verdade. A seqüência de atividades que incluíam planejamento, explicações exaustivas para uma turma de adolescentes endiabrados, e mais ainda, a correção meticulosa de provas e trabalhos era algo que já o cansara de todo.

Estava na verdade contando tempo para se aposentar e, enquanto isso, a cada aula uma nova traquinagem era narrada com riqueza de detalhes. Para tanto, fechava cuidadosamente a porta que dava para o corredor, certificando-se, antes, de que o supervisor não se encontrava nas proximidades. Os alunos, de sua parte, achavam ótimo: enquanto os da frente fingiam ouvir o mestre com grande atenção, os de trás trocavam piadas e brincadeiras. Era como se fosse a extensão da hora do recreio. Vez por outra, a coisa ficava fora de controle, como quando os cinco da última fila combinaram tirar os sapatos e jogá-los no chão ao mesmo tempo, e com tal ímpeto, que a sala parecia estar sendo dinamitada. De outra feita, dois ou três resolveram fumar, o que acabou por incomodar o mestre. De um modo geral, no entanto, a hora transcorria sem maiores sobressaltos até que o tempo esgotava, o professor se retirava, cedendo lugar ao titular de outra disciplina e era só então que a turma se aquietava. Pois estava claro que qualquer professor era mais exigente que o Benigno, fosse da matéria que fosse.

Um belo dia, porém, as inevitáveis provas. Estava no calendário escolar, não havia como fugir. O Benigno convocou Ricardo, um dos que ficavam na última fila, para distribuí-las entre os colegas. Ninguém se lembrara de que era aquele o dia decisivo. Será que alguém saberia responder ao menos uma questão? Alguém havia pegado no livro? Bem, sempre tem alguém, há os que estudam apesar de tudo e de todos. Esse era o caso de Aninha, aluna aplicada em todas as matérias, e porque não dizer, no inglês também. Nem por isso era considerada chata pelos colegas; se era CDF, problema dela. No mais, era legal e parecia se divertir como todo mundo. A franja quase cobrindo os olhos e o aparelho nos dentes davam-lhe até certo ar de menina levada.

O professor chamou-a num canto e, antes que ela esboçasse qualquer reação, nomeou-a assistente-mor da disciplina, incumbindo-a da correção das provas. Não adiantaram os protestos, ele acabou por convencê-la de que a estava prestigiando com a tarefa. O que diriam os colegas? Não havia problema, o Benigno argumentava que a palavra final, a nota, seria de responsabilidade dele, mesmo que ela fizesse as correções e contagem de pontos e décimos que fossem necessários. Terminado o diálogo, e distribuídas as questões, fez-se silêncio na sala: "What is your name?", "How are you?", "Where is the book?" e outras tantas perguntas do mesmo teor passaram a monopolizar os estudantes. Olhares furtivos para mesas vizinhas, e sussurros, faziam parte do processo de procurar respostas não aprendidas de antemão. Aos poucos, os que terminavam iam-se retirando. Alguém, contudo, parecia ter ouvido algo da conversa entre professor e aluna...

Uma hora depois, Aninha se viu a braços com volumosa pasta contendo quarenta provas a serem corrigidas por ela. Não sabia o que pensar: Sentir-se honrada com a incumbência? Recear tanta responsabilidade? Não sabia o que a esperava, quando abrisse a tal pasta.

Ao chegar em casa, já de tardinha, mal falou com a mãe – que felizmente estava ocupada ao telefone – entrando incontinenti no quarto, o pesado volume queimando-lhe as mãos, oculto sob um casaco de frio, a ansiedade prendendo-lhe a respiração. Se o pai visse essa forma de entrar em casa, com certeza a interpelaria. Mas, felizmente também, ele ainda não voltara do trabalho. Na verdade, pensou, não havia o que esconder, já que não fizera nada de errado. Aquele momento, no entanto, o de abrir a pasta e conferir o que nela existia, parecia-lhe só seu, reservado, algum mistério havia ali dentro que só a ela cabia desvendar. Mesmo que contasse tudo depois aos pais, era ela quem veria as provas primeiro.

E assim foi. Trancando a porta, depositou o volume no chão, desvencilhando-se de seus próprios livros e cadernos. Descalça, sentou-se, sempre preferia o chão à cama quando se tratava de espalhar papéis. Soltando os elásticos laterais, abriu a pasta e se deparou com a pilha de provas. Verificava nomes e cabeçalhos. Nada de extraordinário, no princípio. Entretanto, após as duas ou três folhas iniciais, foi constatando um número cada vez maior de questões não respondidas. Para completar, havia bilhetes que, em letra vermelha, diziam: "Preciso de sete para passar!"; "Preciso de nove!"; "Querida, eu te amo!"; "Se não passar, minha mãe me mata"; "... Meu pai me esfola", etc., etc. Uma a uma, Aninha leu todas, incrédula. Pelas respostas, somente dois alunos tirariam sete. O resto da turma seria de três para baixo, se o critério de correção fosse o usual, o da contagem de pontos. Ela, Aninha, não conhecia outro.

Leu e releu, uma a uma. Vez por outra achava graça numa daquelas mensagens desesperadas. E sentia-se inevitavelmente superior por ser capaz de acertar tudo. Por outro lado, foi-se tornando nítida em sua mente a encrenca em que estava metida: se não corrigisse as provas, ficaria mal com o professor; afinal, acabara dando sua palavra, pois havia um prazo regulamentar a ser cumprido, e o Benigno atribuíra-lhe tal tarefa não só em função de sua competência, como também porque ele tinha um compromisso médico urgente – ela não sabia qual – que o impediria de dar conta do serviço. Foi esse, enfim, o argumento que a convenceu. Pensava agora nos colegas; é claro que eles todos lhe declarariam guerra, tão logo saíssem os resultados.

Sua mãe bateu na porta, mas não, ela não queria compartilhar nada por enquanto. Limitou-se a responder "oi mãe, já vou", e arrebanhando a papelada, colocou-a na pasta, escondendo-a em seguida na gaveta do armário.

Jantar, lavagem de pratos, jornal, televisão, a rotina familiar entreteve pais e filha por um bom tempo. Aos quatorze anos, Aninha era tida e havida como pessoa responsável, estudante nota dez. Foi cedo para o quarto, parecendo preocupada com a próxima prova.

Luz apagada, deitou-se pensativa. Gostava da maioria dos colegas. A Priscila, pretinha e sempre falante; Mônica, magricela e namoradeira; Camila, cada dia com novo penteado; o Ricardo, grande contador de vantagem; o Maurinho, se pudesse, punha fogo nos livros, tal a aversão aos estudos; o Lucas, lindão; o Toni, supermíope... Uma outra figura se insinua em seus pensamentos. Veste terno de linho, largo e amarrotado, cor tendente ao cinza. Das ombreiras saem mangas tão compridas que cobrem as falanges. Passa a mão direita sobre a cabeça, conferindo os ralos fios, cuidadosamente dispostos. Arremessa o braço esquerdo para a frente e verifica a hora: hora de ir embora, adeus.

Pula da cama, acende a luz, meia hora mais diante daquelas provas. Respira fundo, pensa em expressões angustiadas e mãos postas em súplica. Pensa ainda nos gritos que ouviria, no mínimo seria chamada de traidora. Alguém ouvira tudo, não conseguia entender como. Cogitou em falar logo com sua mãe, ela lhe diria o que fazer. O problema, no entanto, é que queria resolver o assunto por conta própria, sempre fora auto-suficiente, gostava de apresentar fatos consumados. Além do mais, a mãe tinha um monte de preocupações com que se ocupar. Uma delas, bem que ela sabia, por mais que pai e mãe tentassem não falar muito no assunto, era com o aluguel, cada vez mais difícil de pagar. Mesmo ela costurando muito, e ele vendendo todos os eletrodomésticos da loja em que trabalhava, a coisa andava difícil. Ainda bem que pelo menos a escola era pública...

Uns três dias se passaram. As provas lá no fundo da gaveta e Aninha sem encontrar uma solução... Só tinha certeza de que teria que encontrar alguma, fosse qual fosse, antes que a semana terminasse. Enquanto isso, tentava não demonstrar qualquer preocupação diante dos colegas. Ao chegar em casa, ia invariavelmente para o quarto, lembrando-se de cada um deles. Nos últimos dias, o pessoal parecia mais compenetrado, talvez pela perspectiva da prova de matemática. Aninha mal conseguia estudar; a sorte é que sempre prestava atenção nas aulas.

Quinta-feira, noite alta, casa quieta, a família já se recolheu há muito. De repente, tal e qual raio que risca o céu causando susto e medo, um rosto invade a mente da menina, o da única pessoa em quem se recusara a pensar. Já era madrugada, quando finalmente adormeceu.

Embora suas aulas fossem na parte da tarde, Aninha seguiu para a escola de manhã a pretexto de ter que estudar para a prova. Distava uns três quarteirões de sua casa, de modo que ia a pé, mochila nas costas, pasta segura nos braços, o passo rápido para não perder tempo. Para a mãe, avisou que almoçaria na cantina do colégio.

A supervisão ficava no fundo do corredor. Estivera lá, uma ou duas vezes. Era uma sala espaçosa e branca, com uma grande listra verde pintada no meio da parede, por toda a volta. A menina lembrava-se de uma mesa de madeira clara cheia de papéis e da fisionomia da supervisora, muito séria ao recomendar que os alunos não perdessem aula. Ela havia sido informada de que alguns alunos andavam faltando às aulas de português e dizia que uma coisa dessas era grave, podendo custar a reprovação ou a falta de vagas no ano seguinte. É claro que Aninha nada tinha a ver com esse assunto, porém ali estivera na qualidade de colega dos faltosos, membro de um grupo. Da outra vez, se não lhe falhava a memória, o assunto tinha sido as aulas de música. Quem preferia banda? Quem queria coral? Mas tudo isso já fazia tempo. A pessoa era outra agora, e o assunto em questão muito mais sério. Pelo menos para ela...

Entrou na saleta de espera, verificando que não havia conhecidos por perto. Naquele horário poucas turmas tinham aula. Esperou um bocado, entre resignada e ansiosa. A secretária informou que o professor Paulo estava atendendo um telefonema importante, por isso a demora. Além do mais, ela não havia marcado hora e a agenda do supervisor era carregada. "Preciso falar com ele, é urgente", dizia a menina. "Tente ver uma brecha, por favor, de tarde tenho aula..." A insistência foi tanta que a moça teve pena.

Finalmente, constatando que a conversa telefônica terminara, e antes que o supervisor iniciasse outra, a secretária indagou se ele poderia atender aquela aluna que viera ao colégio de manhã somente para falar com ele. A estudante entrou na sala, onde o professor a aguardava curioso. "Então, Aninha, tudo bem... Nossa, para que tanta coisa?..."

Aninha pediu licença, colocou a mochila na cadeira desocupada e, ato contínuo, abriu a pasta na mesa do supervisor. Pausadamente foi mostrando as provas dos colegas, argumentando que, de um lado, não lhe competia corrigi-las e de outro, não se sentia bem ao não fazê-lo, já que o professor Benigno era ótima pessoa e confiara nela. Ao pensar no que fazer, sem trair a consciência e nem as pessoas, "achei que a única solução seria pedir sua orientação", dizia ela, encarando o supervisor. "Mas talvez eu esteja traindo o professor..."

O supervisor ouviu tudo atentamente, detendo-se por vezes numa ou noutra prova. Era um homem de fala calma, parecia jovem ainda por trás dos óculos redondos. Os cabelos cacheados davam-lhe certo ar de cientista maluco, na percepção de Aninha. "Você fez bem em me procurar. O professor Benigno deve estar um pouco cansado, mas não se preocupe; está tudo resolvido". "Como?", perguntou a menina, ansiosa. Receava alguma situação nova que ainda piorasse tudo. "Só lhe digo que não se preocupe; você já fez muito por seus colegas e pelo professor... amanhã, no horário de inglês, irei à sua sala dar uma explicação e tudo ficará bem. Fique tranqüila".

Não foi por maldade que o supervisor deixou a estudante sem uma resposta mais clara. É que ele mesmo estava ainda tomando uma decisão. De momento, no entanto, o que ficava acertado seria sua visita à sala de aula no dia seguinte. "Confie em mim", disse ele, "vai dar tudo certo." Pela primeira vez em dias, Aninha sentiu-se leve, o espírito aliviado, apesar do mistério. Sentiu fome de repente; as aulas da tarde daí a pouco começariam. Agradeceu a atenção do professor Paulo, deixando-lhe em mãos o pesado fardo que andara carregando, para sair corredor afora, mochila sempre nas costas e quase aos pulos rumo à cantina. Sequer lembrava da existência de alguma listra verde nas paredes da supervisão.

O dia foi movimentado, com a aula de ciências, depois os exercícios tira-dúvidas de matemática. No intervalo, alguém lembrou que no dia seguinte teriam aula de inglês. Será que o Benigno corrigiu as provas? A indagação por parte dos alunos era acompanhada de olhares maliciosos em direção a Aninha. A garota fazia-se de desentendida, como se nada daquilo fosse com ela, embora desse tudo para saber quem ouvira uma certa conversa... Só por curiosidade, pois ainda que ninguém soubesse de nada, sua atitude teria sido a mesma. Agora tinha certeza disso.

Pela primeira vez em uma semana, conseguiu dormir direito. Embora estivesse bastante curiosa quanto à solução encontrada pelo supervisor, era uma curiosidade tranqüila, mesclada ao sentimento otimista de que tudo acabaria bem.

* * *

A turma entra agitada na classe; terminou o recreio. Para surpresa geral, quem entra na sala não é o professor Benigno, mas o supervisor. Nem é preciso pedir silêncio, pois a atenção é imediata, há sempre a expectativa de alguma novidade quando ele aparece. Ele aguarda um minuto, o suficiente para que a secretária lhe traga a folha de chamada. Confere um por um dos presentes e lhes informa que tem uma comunicação importante a fazer: o professor Benigno estaria dali por diante impossibilitado de dar aulas devido a um problema de saúde que, embora sem gravidade, lhe exigia licença médica. Assim sendo, haveria exercícios em sala de aula a serem passados por ele, o supervisor em pessoa, e valendo nota. Afável, e ao mesmo tempo enérgico, foi logo dividindo a turma em grupos de cinco alunos, incumbindo-os de responderem as perguntas contidas no livro. Na segunda metade da aula, todos teriam oportunidade de mostrar suas respostas em voz alta e de resolver as dúvidas com ele. Entrementes, ele circularia pela sala e ajudaria quem pedisse.

Curiosamente, nem Aninha nem seus colegas perguntaram pelas provas. Amnésia geral. O professor Paulo, bem sério, tentava não rir da história toda. E pensava, talvez, em como dar uma solução definitiva para as aulas de inglês. Que, afinal, sempre foram o ponto fraco da escola...

Dona Chica e o Caboclo

Dona Chica ficou danada. Braba, mesmo. Sabe por quê? Porque estava cansada de procurar pelo sujeito. Entrava nas livrarias e perguntava, com seu jeito espontâneo: "Tem o caboclo?" Ou então: "Tem o livro do caboclo?" "Onde está o cabôco?"

Verdade seja dita: pensava-se primeiramente que ela buscava alguém, tal a ênfase posta nas palavras. Ela também não levava um papelzinho escrito, contendo mínima referência à obra, que pudesse servir de orientação ao vendedor. E até que o dito vendedor entendesse que se tratava de um objeto – um livro – e não de uma pessoa, custava um tempo. Além do mais, a roupa, sempre modesta, não despertava a especial boa vontade de ninguém. No máximo, lhe diziam: "Senhora, só trazendo por escrito..."

Acontece que Daiane, a filha de Dona Chica, perdera o papelzinho onde copiara do quadro-negro a referência dada pela professora. Enquanto isso, o tempo passava e o prazo para entrega da ficha literária ia-se esgotando.

– Menina, pelo amor de Deus, assim tu não passa de ano!

– Mãe, eu já disse o nome do livro: é o caboclo.

– Não tem em loja nenhuma! Tu tens que me trazer isso escrito.

– É que eu perdi o papel. Vou ver se copio de novo!

Mais de uma semana nessa conversa, e enquanto a garota ia e vinha do colégio sem a referência, Dona Chica prosseguia tentando, com medo que a mocinha não cumprisse a tarefa escolar, e por culpa sua, ainda por cima. O diabo é que pra mal dos pecados, nunca tinha ouvido falar em tal livro. Também, não adiantaria nada, já que na vida ela não tivera a sorte de saber juntar duas letras. Portanto, era indiferente que o livro se intitulasse o caboclo, o índio, o que fosse. O importante é que, a depender de seus esforços, a filha ficaria craque na leitura, e com certeza teria um futuro melhor que o seu, que se resumira a cozinha e faxina em casa de madame. Felizmente seus dotes culinários compensavam a falta de leitura, de modo que as patroas nem reclamavam muito.

– Daiane, cadê o papel?

– Mãe, amanhã eu trago; juro!

Perguntou à patroa:

– A senhora conhece um tal de cabôco?

– Como assim?

– É um livro de colégio.

– Não, Chica, não mesmo. Só se você trouxer escrito.

Foi ao colégio, já com vontade de sapecar uns cascudos em alguém.

– Mãe, você não disse que vinha aqui!

– Mas eu vim. Cadê o papel?

– Que papel?

– O nome do livro, criatura.

– Ah, é! Mas só a professora sabe.

– E teus colegas, ninguém tem esse nome?

– Eu já disse cem vezes: é o caboclo.

– Tu não me atenta, menina! Quero isso por escrito, pra esfregar na cara do vendedor.

Tantas fez que conseguiu. Dona Chica não sabe de quem é aquela letra bonita, arredondada, mas aposta que só pode ser da professora. Cheia de moral, ela entra mais uma vez na livraria indicada pelo colégio, para ouvir com pasmo:

– Está esgotado.

– Misericórdia!

– É que foram muitas encomendas de uma vez. Agora, só com novo pedido, e pode demorar uns dias...

Daiane, no entanto, para surpresa da mãe, é mais esperta do que parece. Quando menos se pensa, entra em casa, feliz da vida:

– Arranjei o livro emprestado. Além disso, a professora aumentou o prazo para entrega da ficha porque uns outros cinco também não conseguiram comprar.

Dona Chica pensa com seus botões que a guria escapou dessa vez, mas da próxima que a fizer correr feito louca atrás de coisa que não existe, toma uns sopapos, ah, toma mesmo...

Daiane folheia o romance passado em São Luís do Maranhão no século dezenove. Tenta lembrar da explicação da professora: "Essa é uma obra importante na literatura brasileira, típica de uma fase conhecida como naturalista. O naturalismo se caracteriza por mostrar com palavras cruas e cores fortes a realidade de um certo ambiente social. Mas isso não quer dizer que seja leitura fácil. É preciso atenção e dicionário, pois naquele tempo o linguajar dos personagens era bem diferente do que é hoje..."

Para adiantar o expediente, a filha de Dona Chica já passa para a ficha os primeiros dados do cabeçalho: *Título do livro:* O Mulato. *Autor:* Aluísio de Azevedo. *Aluna:* Daiane Meire da Silva.

4

ESCRITÓRIO

Nunca Mais

É o tal negócio. Falta de homem mais falta de grana, igual a: cara feia. Essa é a conclusão nunca explicitada, porém presente na cabeça dos colegas. E cara feia todo dia acaba virando doença. Um dia tem dor de cabeça, no outro falta de ar, no outro dor de barriga, e por aí vai.

Não raro, o desespero se traduz em gritos: "Traz o grampeador!", "Tira dez cópias!", "Chefe imbecil!"... O que chama a atenção, no caso, são os decibéis. Tem-se a impressão de que atravessam toda a Esplanada dos Ministérios e voltam ricocheteando nos tímpanos de quem está mais perto. Afinal, essa é Nilza, grande Nilza, há vinte e quatro anos no Ministério da Fazenda. Vinte e quatro anos lidando com compras e aquisições as mais variadas possíveis, de clips e carimbos a computadores de última geração. Por conta disso, passa também, com todo respeito, a ser chamada de "rainha do almoxarifado".

Uma rainha e tanto: morena, bem fornida e já passada dos quarenta, traz o cabelo impecavelmente retocado nos tons avermelhados da moda. A roupa, sempre nova, revela o gosto preferencial pelas cores fortes e estampas graúdas. A presença jamais passará despercebida, seja pela voz estridente ou pela indumentária inconfundível.

Em priscas eras havia se deitado com homens de diversas raças e credos. As pessoas sabem disso porque ela não faz cerimônia em partilhar episódios de sua vida pessoal com quem quer que seja. Especialmente aqueles relacionados ao sexo oposto. É com mal disfarçado orgulho que os narra, como se de cada um deles tivesse resultado uma credencial a mais em seu currículo de *femme fatale*.

Mas o tempo passou, e já são anos que se encontra desacompanhada de qualquer amor. Cansou de esperar que alguém se transformasse no ser definitivo de sua existência. Com o tempo, desistiu de correr atrás desse tipo de felicidade que depende do outro, da cara-metade imaginária, idealizada. Conforma-se agora com a solidão, ou melhor, com a penca de amigas com quem costuma falar mal dos homens, se queixar do emprego, ir ao cinema de vez em quando, e se esquecer da vida tão cheia de liberdade e solidão. Liberdade, de fato, nem tanto, já que precisa assinar ponto todos os dias. Já a solidão, pensando bem, só pesa mesmo entre as quatro paredes do apartamento. É lá que a arrumação perfeita do quarto-e-sala trai a ausência de crianças ou de mais alguém, seja quem for. A televisão continuamente ligada é a companhia infalível, até que adormeça.

Tudo começa novamente às primeiras horas da manhã. Pega carona com Renan, da seção de pessoal. Moram em quadras próximas, trocam impressões pelo caminho. Sabem tudo um do outro: os filhos dele estão na faculdade, a mulher fez plástica.

Gostam de cachorro, principalmente da raça pastor alemão, mas concordam que é difícil criar um bicho desses em apartamento. Vez por outra conversam sobre dívidas. Assunto delicado, Nilza intui com alguma preocupação que um pedido de dinheiro pode estar a caminho.

Já no escritório, o telefone toca, o chefe reclama da fatura que ainda não foi assinada, da compra do ar condicionado que passou do prazo. A veterana funcionária vai aos poucos ficando irritada. Pousando o fone, relanceia divisórias e arquivos metálicos parecendo não ver as seis pessoas presentes no recinto, e, fiel a si mesma, exclama em alto e bom som: "sujeito cretino!"

Passo a passo a rotina segue. Arquiva recibos, carimba pedidos, discute orçamentos.

Junto a uma das mesas, Zezé, a copeira, narra com detalhes as peripécias do último parto, ocorrido antes do previsto numa viatura de polícia. Do Gama ao hospital da Asa Norte, a maratona de gritos e contrações só teve fim quando o soldado Iranildo aparou o bebê nas mãos. O motorista, de tão nervoso, quase atropela o povo no estacionamento.

Papel por todo lado. A informática não eliminou a papelada e Nilza constata com desgosto o sumiço da nota de compra. Se o ar condicionado não for instalado nos próximos dias, o chefe vai brigar feio... A garganta fica seca, o suor escorre pelas têmporas, o braço esquerdo parece dormente. Pensa em pedir as contas, mas só por um segundo; sabe, pela milésima vez, que isso é impossível, seria o mesmo que jogar uma vida inteira pela janela.

Não saberia começar tudo de novo em outro lugar, e nem quer. Sua vida sempre foi naquela sala, com aquelas pessoas, ainda que uma ou outra eventualmente mude de pouso. O olhar aflito cruza com o de Zezé, que após o relato da aventura, recolhe copos e xícaras. A moça toma um susto. “A senhora está bem?”, pergunta, solícita.

Só então Laís, João Carlos, Paulo César, Maria e Silvana se voltam para ela. O que seria dessa vez? A veterana funcionária não consegue se fazer entender. Nunca mais conseguirá. Nunca mais.

O Amor

Marcos abriu a porta em direção à rua, certificando-se ainda uma vez de que levava carteira e chave de casa. Conferiu janelas fechadas e luzes apagadas, conforme recomendações sempre reiteradas da mulher, que talvez pensasse acertadamente, que, não fossem tais recomendações, o apartamento ficaria escancarado e aceso, à mercê de ventanias e ladrões, tão distraído ele andava ultimamente.

Do primeiro andar à garagem desceu a pé, tinha pressa. Pensava em Lídia o tempo todo, e por isso voou para o escritório em pleno domingo.

Esperou; não havia nada a fazer naquele exato momento senão esperar. Mas Lídia não chegava, não chegava nunca. Talvez, no fim das contas, o melhor fosse mesmo acabar logo com aquela história de encontros, desculpas esfarrapadas em casa, demoras, compromissos imprevistos, tudo o que havia transformado sua vida numa espécie de corda bamba, onde se equilibrar ficava cada vez mais difícil.

Por outro lado, era a mesma corda bamba que parecia dar

sabor à existência daquele advogado bem-sucedido, professor universitário, e já avô. Precocemente avô, é verdade, na medida em que o filho mais velho resolvera ser pai solteiro aos dezessete anos. Mas essa, bem ou mal, já era uma questão resolvida.

O que paradoxalmente o incomodava era que as coisas ficavam sempre resolvidas, de um modo ou de outro.

Até que um dia lhe apareceu Lídia, ex-aluna, em plena fila de banco. Loira e bem vestida, ela estava a caminho do tribunal onde trabalhava, mas antes tivera que dar uma passada no banco.

E o que teria sido uma simples conversa de rua acabou se transformando numa relação proibida e complicada como a de amantes improváveis. Lídia também era casada.

Célia, a mulher de Marcos, estava fora no domingo, visitando parentes no interior, o que em princípio tornava as coisas mais fáceis.

Depois de providenciar uma dose de uísque, Marcos pousou a mão no telefone. Lídia não chegava. Impaciente, antevia carícias, a pele nua da amante sob seu corpo de macho insaciável. Todos os delírios vividos entre as paredes do escritório lhe vinham ao pensamento, enquanto a mão permanecia suavemente pousada no telefone.

Cada almofada do sofá e cada centímetro de tapete evocavam sensações e prazeres. As dificuldades, no caso, funcionavam como verdadeiros afrodisíacos, e dessa forma, cada encontro era mais angustiadamente aguardado que o anterior.

E inevitavelmente acabava interferindo na rotina de ambos. Ora o dentista servia como álibi, ora uma audiência, uma compra no supermercado, e assim por diante.

Mas tudo, como não poderia deixar de ser, tinha lá seu preço: corria-se muito, o coração palpitava fora de hora, havia sempre o medo de alguma surpresa desagradável. Diante da hipótese, Marcos procurava racionalizar: se a coisa ficasse insuportável, ele terminava tudo.

Mas era estranho como, de repente, a insuportável correria lhe parecia cada vez mais indispensável. E ele já não sabia estabelecer a diferença entre o indispensável e o insuportável.

No fim, acabava sempre vendo televisão ao lado de Célia, sua querida Célia, mãe de seus filhos, porto seguro de toda uma vida.

Mas, naquele domingo, dia ideal para uma escapada em grande estilo, Lídia se demorava. A mão ainda no telefone, Marcos não quer ligar; deixa-se ficar assim, imóvel, até que a tarde termine. Uma chuvinha fina começa a molhar as vidraças, enquanto as luzes da rua anunciam a noite...

O Dossiê

Palavras e linhas se sucediam pela décima vez diante dos olhos. Não queria perder um detalhe, uma vírgula que fosse, embora já soubesse de cor e salteado o conteúdo de tudo o que andara compilando e escrevendo nos últimos meses. Ainda que o destino imediato fosse um cofre trancado, por via das dúvidas resolvera se precaver contra os próximos ataques do inimigo. Nunca duvidara da antiga máxima segundo a qual a melhor defesa é o ataque. De modo que, ao cabo de mais uma leitura, e já com a vista cansada, Norberto colocou o original num envelope pardo de tamanho grande, e juntamente com o disquete correspondente, trancou-o no cofre do quarto.

Certificou-se de ter deletado os dados comprometedores da memória do computador, desligando-o em seguida. Dirigiu-se à varanda, onde deixou-se ficar por um bom pedaço até a noite cair. Sua mulher não gostava de fumaça, então era na varanda que conseguia acender um cigarrinho de vez em quando. Por coincidência, o mesmo parecia acontecer com o vizinho, já que vez por outra o encontrava também dando suas baforadas na varanda ao lado. Os dois riam da situação, e acabavam trocando umas piadas.

Dessa vez porém, não havia ninguém, o que Norberto achou bom, dada a agitação em que se encontrava. Precisava de isolamento. No fundo, no fundo, era também como se quisesse que os acontecimentos se precipitassem de uma vez, dando-lhe o necessário pretexto para divulgação do dossiê. Tudo aquilo teria que ter um fim, afinal de contas.

Como num filme cujas imagens permanecem por longo tempo na lembrança, revia cenas dos últimos dias, a seqüência de situações a que fora exposto. Humilhantes, no seu entender, e ameaçadoras, já que causadas pelo novo chefe do departamento, sujeito de prestígio, tido como moralizador e cheio das boas intenções. Por conta de tais características, dera para sabatiná-lo a ele, Norberto, funcionário de carreira, com vinte anos de banco. Em casa, ninguém sabia de nada, não tivera ainda cabeça fria para comentar com a família o que se passava no trabalho. Ademais, preferia uma coisa de cada vez. Mas talvez, desta feita, os fatos viessem à tona de cambulhada – que fazer?

O caso é que, dia a dia, o ambiente fora se tornando insuportável para ele, que se sentia preterido e não queria receber ordens daquele arrogante. Sentia, inclusive, como se algum cerco indevido estivesse se fechando em cima de sua pessoa. Cada dia uma cobrança mais urgente que outra. Planilha de custos, transações de última hora, contatos políticos, e de repente a bomba: alguém teria superfaturado no contrato do terminal de cargas do aeroporto. Obra imensa, caríssima, sopa no mel para todos os intermediários que aparecessem.

Norberto suava frio, sentia-se espumar de raiva ante a insolência do novo chefe de departamento a interpelá-lo sobre balancetes anteriores, ele cuja área nem era a contábil nem nada, mas a administrativa, precisamente organização e métodos. Disse-lhe com todas as letras que não lhe reconhecia posição nem competência para tanta pressão. O outro ameaçou com Conselho de Ética, demissão, o diabo.

Como se não bastasse, boatos foram parar na imprensa e em pouco tempo observava-se o vaivém de repórteres pela quadra. Indagavam na portaria sobre o tamanho de seu apartamento, o custo da reforma, a marca do automóvel. Nessas horas, felizmente, os meninos e a mulher estavam na rua, ocupados uns com aulas, outra com chás e compras, na existência tranqüila que sempre lhes quisera proporcionar.

Entrementes, como que antecipando contratempos maiores, passou a encher caixas e mais caixas com documentos que colecionara durante anos. Dedicava o final do expediente a encher discretamente as tais caixas e a transportá-las para casa. Ao estacionar na garagem, abria o armário próximo à sua vaga e enchia as prateleiras. Trancava, guardava a chave e subia para o recesso do lar. Numa dessas vezes, contou com a ajuda do vizinho fumante, os dois achando graça no tanto de papel que um homem é capaz de acumular ao longo da vida.

Até que finalmente, e isso ele acabara prevendo – tudo aconteceria de cambulhada – seu nome apareceu nas manchetes, o grande vilão, aquele que abocanhara comissões de todos os lados, favorecendo políticos corruptos, atrasando o cronograma da obra, e, claro, enriquecendo de um dia para outro.

Convocou Bete, a mulher, os filhos, Norbertinho e Patrícia, e lhes comunicou que iriam embora da Capital. Para sempre.

Começar vida nova em qualquer lugar, contanto que longe de todas essas calúnias que levantavam contra ele, um cidadão trabalhador, honesto, funcionário de carreira – relembrou orgulhoso os tempos de boy – devotado à família e temente a Deus. Vinte anos de brilhante trajetória profissional, de repente solapados por um inquisidor nazistóide a serviço de interesses escusos, e respaldado pela mídia sempre ávida de escândalos...

Garantiu-lhes que isso não ficaria assim, tinha condições de se defender, e que dinheiro não iria faltar, ainda que os bens se tornassem eventualmente indisponíveis. Antes de mais nada, porém, ele tomaria algumas providências e, conforme faziam todos os anos, iriam ao DisneyWorld passar as férias de julho. Bete perdia-se em divagações sobre bermudas e tênis que teria de comprar para a viagem.

* * *

O jornal que havia primeiramente tratado do suposto superfaturamento nas obras do aeroporto recebeu há pouco o documento que deverá mudar substancialmente o rumo das investigações: *Dossiê das Irregularidades Constatadas no Processo de Licitação da Obra do Terminal de Cargas do Aeroporto.* O autor – ou organizador – do calhamaço entregara o envelope na Redação, com aviso de recebimento. Trezentas páginas, nem mais nem menos. Após uma primeira folheada, o Redator Chefe conclui que aquilo é nitroglicerina pura.

* * *

Os repórteres inquirem o dono da imobiliária sobre o desaparecimento de seu vizinho. Entre uma baforada e outra, ele responde que se trata de um sujeito afável, pai de família, e que o conhece apenas de vista. Não pretende lhes informar sobre a venda do apartamento de cinco quartos com piso de granito, acabamento de ouro nos banheiros, todo mobiliado com peças do mais sofisticado design. Muito menos, ainda, sobre a bela comissão que lhe foi adiantada.

Bichos

A filha de Alice faria um ano de idade e os preparativos da festa já duravam um mês. A mãe, jovem telefonista de repartição pública, vivia de antemão o parabéns, o bolo, os retratos, a despesa, o beicinho da neném, a admiração dos convidados, a série de providências a serem tomadas por ela e pelo pai da criança. A este caberiam, por exemplo, os engradados de cerveja e refrigerante em quantidade mais do que suficiente para matar a sede da tropa. A ela, entre outras coisas, os convites impressos e desenhados em computador, em número também mais do que suficiente para lotar a casa da avó paterna, no Guará. Eu acabei sendo contemplada com um desses convites, caprichosamente ilustrados com sapatinhos cor-de- rosa.

Ir ao aniversário, entretanto, não estava em meus planos. Não tenho filhos, e meu tempo de velinhas e brigadeiros já passou. Por mais que goste de crianças e que ache a pequena uma gracinha – conheço-a de retrato – a primeira primavera de alguém já é demais para mim, a não ser, por muito favor, a de algum sobrinho. Decido não ir, e entro numa loja para ao menos comprar um presente. Não quero desfeitear ninguém. Depois de muita hesitação, escolho um pianinho tocado a pilha, cujas teclas imitam as vozes dos animais. Assim, o gato mia, o cão late, a vaca muge, o burro zurra, e o leão ruge, numa alegre confraternização de mansos e ferozes. É possível que os pais da criança se divirtam mais do que a própria; não faz mal. De qualquer forma, não deixei o aniversário passar em branco.

Às duas em ponto, entro no elevador que leva ao escritório. Duro de gente, essa é a hora em que todos voltam do almoço. Carrego bolsa, pasta e um volume a tiracolo, que será entregue à telefonista. Minha sala fica no nono andar. Alguém esbarra em mim, o que parece ser a senha para os bichos se soltarem. De repente, em meio a pessoas apressadas, senhores de gravata, mulheres calorentas, o cachorro late, o gato mia, o galo canta, a sinfonia termina com o estrondoso rugido do leão. As pessoas se olham desconfiadas, enquanto o elevador vai parando.

A sinfonia recomeça a cada parada. No quarto andar, entra um conhecido meu, que irá até o décimo. Percebo que ainda não toquei o nono por falta de espaço. Ao fazê-lo, a gritaria recomeça e é cada vez mais estridente. As pessoas se voltam para mim: "essa mulher é louca", parece ser o pensamento comum. Meu amigo me olha horrorizado, e eu tento encontrar uma explicação para aquele zoológico escondido na sacola. "Mau contato", é o que penso, e só pode ser isso. As pessoas, no entanto, não têm obrigação de saber de aniversário, de presentinho, muito menos de pilha. E eu mesma é que não tenho tempo nem disposição para explicar nada. Tem mais: talvez o barulho nem seja tanto assim; eu é que já me sinto enjaulada no meio de toda aquela gente.

Tentando ajudar, meu amigo desce comigo no nono andar, às gargalhadas, curioso para decifrar o enigma. Ao chegarmos ao corredor, vou logo tirando o volume da sacola, tentando ver como calar os irracionais. Não quero, é lógico, abrir o presente, desfazer a surpresa. Depois de alguma deliberação, entrego o pacote barulhento na mão da telefonista, apresentando minhas escusas por não ir à festa. A "corda" parece estar finalmente terminando sob o papel de presente. Alice, curiosa, quer abrir, mas eu a faço prometer que só fará isso na frente da aniversariante. E que, se precisar de pilha nova, é só avisar. Meu amigo sobe a escada até o décimo andar, ainda achando graça na confusão. Os bichos dormem, por fim, e eu corro atrás de um cafezinho.

Celina, de Terça a Quinta

Celina correu o tanto que pôde. Ofegante, língua de fora, pernas trêmulas. Mais um pouco – eternos minutos de aflição – e ei-la finalmente na portaria. Algo teria que ser feito, qualquer coisa, contanto que não tivesse que se deparar novamente com o mendigo bêbado que dera para perseguí-la entre o estacionamento e a entrada do prédio onde trabalhava. A coisa era recente, o sujeito cuja presença constante nos arredores já parecia parte da paisagem, resolvera correr atrás dela, aos gritos, como que a chamando, mas a linguagem era ininteligível, efeito provável dos desvarios da cachaça. E ela chegava exausta no escritório situado no sexto andar, não sem antes trocar algumas palavras com Luís, o porteiro, pedindo-lhe para prestar atenção no maluco, talvez chamar a polícia, não deixá-lo subir em hipótese alguma. O porteiro concordava, mas não teria muito o que fazer fora da jurisdição exclusiva do prédio, já que aquele era um tal de Zé Pião, figura conhecida nas imediações. Era na verdade um bêbado inofensivo que, quando sóbrio, conseguia ganhar uns trocados lavando carros. "Vai ver é isso, ele está querendo oferecer lavagem pra senhora", argumentou o porteiro. "Mas pode deixar, eu presto atenção..."

Celina foi tentando se acalmar, ciente de que teria duzentas preocupações pela frente, entre as quais a de encontrar o cartão de crédito que perdera na semana anterior, juntamente com a carteirinha retangular de couro marrom onde o guardava com todo cuidado dentro do compartimento interno da bolsa. Se trocava de bolsa, lá ia o pequeno retângulo de couro para o novo compartimento, sempre o maior cuidado para não misturá-lo com a carteira de notas ou com os demais pertences que levava. Mas o caso é que o cartão sumira, para desespero da dona, que dele iria precisar urgentemente para uma reserva de hotel no exterior. E ainda que não tivesse viagem alguma em perspectiva, não poderia ficar sem o dito cujo, ou pior, com ele nas mãos de qualquer bandido por aí.

Liga para o banco, pede para darem baixa e providenciarem um novo. Mas ela teria que ir pessoalmente falar com o gerente da conta, assinar papel e aguardar que enviassem outro cartão pelo correio. Pediu urgência; nada feito. Enquanto isso, reuniões intermináveis com o chefe do setor tomavam manhãs inteiras.

Nos períodos da tarde, tentava colocar o ponto final no *paper* que apresentaria em Buenos Aires sobre tarifas de exportação de alimentos. Era um trabalho de fôlego, que lhe vinha consumindo energias e horas de sono. Mas parecia estar ficando pronto, a menos que a próxima revisão apontasse erros adicionais, aqueles que não haviam sido percebidos na primeira revisão.

Casa, marido, filhos, tudo felizmente sob controle, Celina poderia viajar tranqüila, não fosse justamente o atropelo do trabalho que teria que ser redigido em versão bilíngüe – português e espanhol – e pela necessidade de comprar uma roupa de coquetel, ir ao cabeleireiro, não perder o vôo, claro, e antes disso, recuperar o famigerado cartão de crédito.

Na quarta-feira pela manhã, mesma coisa: o sujeito molambento já a espreitava de longe. Na luta para encontrar uma vaga, Celina acabou estacionando a duas quadras do trabalho, o que lhe faria caminhar um bocado. Ensimesmada por conta da quantidade de assuntos a resolver, não percebeu a aproximação do homem; quando viu, era tarde. Teve que correr para não ser alcançada. Chegou ao escritório morta de raiva, mais uma vez ofegante. Aquilo teria que ter um jeito!

Lá para as onze horas, depois de mais uma reunião com o chefe, liga para o banco e esbraveja. Consegue marcar hora com o gerente na próxima segunda, véspera da viagem. Detesta pensar que poderá precisar fazer cheque para cobrir despesa de hotel dessa forma imprevista. Mas tudo, Celina acaba concluindo de si para si, é mesmo um tanto imprevisto. Todo o planejamento do mundo nunca dará conta da falta de tempo e do eventual sumiço de objetos, tais como um anel de estimação que perdera há anos – o que a fizera chorar –, os óculos para longe – felizmente recuperados – e agora, o maldito cartão de crédito. Não houve recapitulação de fatos e atos que lhe desse a menor pista. Celina não se considerava mais ou menos previdente e organizada que todo mundo; as coisas simplesmente aconteciam nos piores momentos, eis tudo.

O fato é que depois de mais um dia agitado, sem tempo para roupa nem cabeleireiro, Celina chega em casa e janta tarde. Carlos, o marido, chega tarde também, depois da jornada no escritório de contabilidade onde trabalha. Têm pouco tempo para conversar, enquanto os dois meninos terminam os deveres da escola. Finalmente, vão todos dormir.

Celina sonha com um sujeito monstruoso, misto de Quasímodo com Frankenstein, olhos injetados, caninos pontiagudos, corcunda imensa. O cara se aproxima abrindo a boca num berro ensurdecedor. A mulher pula na cama várias vezes, até que o marido consiga acalmá-la: era só pesadelo, deve ser estresse, cansaço. No dia seguinte, ele a escoltaria rumo ao trabalho.

Nesse dia, uma quinta-feira, terminado o horário de almoço, Luís, o porteiro, pede que Celina desça urgente ao andar térreo: há uma encomenda para ela. Só que ela não se lembra de encomenda alguma, deve ser engano, mas diante da insistência, desce disposta a esclarecer rapidamente o assunto e voltar para sua sala. Já no térreo, encontra um grupo de operários, vigias, garagistas. Luís segura uma pequena carteira de couro. "Dona Celina, foi o mendigo Pião que encontrou isso na rua, junto do meio-fio. Ele queria ter a honra de entregar pessoalmente à senhora, mas nunca conseguiu. Então ele veio aqui outra vez, com um camarada que entende o que ele fala, e me contou o acontecido". Assim dizendo, entregou o objeto à sua dona. Lá estava o cartão, intacto, dentro da pequena carteira de couro, de volta àquela que o perdera.

Celina ficou petrificada. Tentou disfarçar o choque diante daqueles homens rudes que a olhavam com simpatia e curiosidade. "Onde está ele? Eu preciso ao menos agradecer; puxa vida, ele me salvou a pátria..." Sem saber mais o que dizer, pega o elevador, pensando em deixar uma gratificação com Luís para que ele a entregue nas mãos do homem. Ou, talvez, pensando melhor, em entregá-la pessoalmente no dia seguinte pela manhã. Mendigo Pião só aparece de manhã, nunca no final da tarde. Dizem as más línguas que ele começa a encher a cara a partir das três...

Ainda tonta com a história, e ao mesmo tempo aliviada, Celina parte mais uma vez para o ponto final no trabalho. Não consegue se concentrar. Na rua, uma freada brusca, um baque, barulho de gente correndo. No sexto andar, os funcionários correm para a janela: um mendigo acaba de morrer atropelado. Muda em sua mesa, Celina sabe perfeitamente quem é o morto.

ARREDORES

5

O Ovo da Pata

O sol refletia oblíquo no meio das copas, feixes dourados iam ter ao chão por entre mangas caídas, algumas podres, exalando odores em volta. O silêncio era interrompido pelo bem-te-vi e pelo chacoalhar discreto de aves no galinheiro. Um latido distante denunciava a presença de cães nas redondezas. Lentamente, a tarde terminava.

Um ovo de pata. Talvez benzido fosse como talismã contra mau-olhado. Tal era a reflexão de Delmira ao tentar entrar o mais silenciosamente possível no habitat dos patos. Com muito cuidado, agachou-se para apanhar o mais próximo, desvencilhando-se de bicos e penas subitamente hostis. Galinhas, codornas, frangos e galos observavam a invasão na vizinhança, não sem um certo sobressalto. Aquela já era, afinal, a hora do sossego. E foi com o ovo na mão que Delmira saiu do galinheiro, deixando os bichos em paz. Teria então que esperar pelo dia seguinte, quando mãe Benedita viesse para benzer.

Entrou na casinha e olhou a criança adormecida e o homem recém-acordado depois da sesta entrecortada de roncos e movimentos bruscos. Antes que ele esboçasse qualquer reação, escondeu o ovo detrás da porta. Aquilo era segredo. Além do mais, o proprietário da chácara costumava pedir contas de quantos tomates, quantas aves, e por que não, quantos ovos.

Eles eram pagos para cuidar e vigiar. Só que de vez em quando, dormiam no ponto: o patrão viajava e a preguiça parecia dominar tudo e todos. A porteira dormia aberta, o mato crescia; as frutas estragavam antes mesmo de serem colhidas.

Nas freqüentes trombas d'água do verão, formava-se a maior lameira e o lodo escorregadio tomava conta. Como se não bastasse, de repente apareciam cobras saídas da nascente situada no final do terreno. Com o transbordamento causado pela chuva, as coisas mais estranhas pareciam simplesmente brotar e, assim, até rato morto, Deus sabe como.

Para culminar, os ladrões entravam, carregavam tudo o que havia na casa principal – de redes a espelhos, passando por agasalhos pendurados, bonés, panelas, até lata de azeite pela metade. Nem os colchões sobravam, ficava tudo limpo. E aí, quando davam fé, já era tarde. Umas quatro vezes isso acontecera e nenhum dos dois conseguia encontrar explicação. Da última, foi o próprio Juízo Final. Seu Pedrão ameaçou pô-los na rua, ao relento, sem dó nem piedade.

Como das outras vezes, acabou repondo tudo, comprando objetos novos, reforçando a segurança com muros e grades, e promovendo uma faxina geral que deixou o casal de empregados totalmente extenuado.

Zé Cruz olhou a mulher de soslaio. Que diabo estaria tramando? Fazia dias que observava: era um acorda-levanta em horas impróprias, caminhar sorrateiro, jeitão de mistério. Só esperava que não fosse chifre; caso contrário... Pensou aborrecido no facão de cortar cana. Por via das dúvidas, resolveu tirar a limpo, levantando-se e pegando a mulher pelo braço. Deitou-se novamente, desta feita embolado com Delmira numa seqüência de dentadas, beliscões, peitos de fora, roupa rasgada, rudeza de corpos suados por cima de um arremedo de cama. Delmira tinha vontade de gritar, mas não de prazer, eita marido bruto! Cheira-cheira, até convencer que não tinha nada, era só cisma. Portanto, acabava mais uma vez ciente dos próprios direitos. Quando ela, já conformada com o bafo de pinga, começava a gostar, acabou-se o que era doce. Zé Cruz virou-se para roncar novamente. Nequinho gemia no berço.

Meia hora depois, Delmira constatava hematomas diante do pequeno espelho pregado na parede do banheiro. Foi à cozinha e buscou uma banana para o pequeno, e mais um caneco com água. Só assim o bichinho pararia de chorar. Era fraquinho e vivia tossindo. Delmira não entendia muito bem por que seria, já que tanto ela como Zé Cruz eram até parrudos.

Na paz do lar, dormiam todos novamente. Do lado de fora, o céu estrelado cobria aquele mundão povoado de sapos e grilos.

Domingo, pé de cachimbo. Desde cedo Zé Cruz caminha entre arbustos, arrancando ervas daninhas e aparando galhos. Sabe lá se Seu Pedrão resolve aparecer de surpresa... Recolhe frutas bichadas, folhas secas, vez por outra a mão na jabuticabeira carregada. Saboreia e cospe. Aquilo é uma espécie de aperitivo para a buchada que Delmira prepara desde a véspera.

Ferve, cozinha, sobe fumaça, o rosto afogueado da mulher parece estar diante de um caldeirão mágico. Hoje tem que caprichar porque mãe Benedita só tem inspiração e animação para suas rezas e simpatias depois de bem alimentada.

Ao meio-dia ela chegou. Devagarinho vinha caminhando, o vestido claro sobre a pele negra destacava-se ao longe. Transpondo a porteira, aproximou-se da casa e viu Nequinho brincando do lado de fora. Perguntou por sua mãe e o menino apontou em direção à cozinha.

Grandes efusões. As duas mulheres conversaram aos cochichos por uma boa meia hora, até Zé Cruz voltar do mato.

O rosto moreno e redondo do homem sobressaía sob a cabeleira precocemente grisalha. Zé Cruz jamais vestira algo diferente de um calção. Pés descalços, mãos grossas, o dorso brilhava. A fome, depois da labuta, era sempre avassaladora. Inebriado com o cheiro da panela, foi logo convocando as duas para a festa. Uma branquinha acompanharia o repasto.

Gostava de mãe Benedita. Mulher sábia, impunha-lhe grande respeito, tanto pelos conhecimentos como pela bondade. O bom humor era outra virtude contagiante. Dessa vez, não atinava muito bem por que viera; normalmente ela só comparecia quando chamada com insistência. Talvez fossem lá os segredos de Delmira... Não importava, o que queria mesmo era comer.

E foi uma beleza. Cada pratão melhor que o outro, de lamber os beiços; a mulher tinha acertado em cheio. A cada bocado que se punha na boca contava-se um caso ou uma piada que fazia todos rirem à larga. A cachacinha, então, descia muito bem. Logo, logo, os três amoleceram e pegaram no sono, um na cama e cada uma das duas numa das redes trazidas da casa do patrão. O pequeno Nequinho mastigava um miolo de pão com o olhar meio perdido. Tudo era silêncio.

Às cinco da tarde, as mulheres se levantaram conforme haviam combinado. Delmira recuperou o ovo escondido e encaminharam-se para o bosque de bambus. Esse era o ponto que ficava mais distante da residência dos caseiros, situado num pequeno declive junto à nascente. Para chegarem a ele, ultrapassaram o portão que estabelecia os limites entre a área reservada aos empregados e o território do dono. Os canteiros de hortaliças, meio abandonados, traíam a ausência prolongada de Seu Pedrão. Pois nos períodos em que ele conseguia se demorar um pouco mais, o aspecto era bem outro.

Cresciam couves, alfaces, cebolas, beterrabas, tudo exuberante e farto, como em tácito reconhecimento por sua presença. A explicação que ele dava para Zé Cruz não era outra: o negócio é trabalhar. Ensinava o homem a alternar plantios, cultivar sementes, regar, podar, aproveitar cascas e folhas na formação de adubo, a limpar e preparar o solo, a colher no momento certo. E isso valia tanto para a horta como para o pomar. Poncãs, limões, abacates, amoras. Cada qual tinha seu momento certo e exigia cuidados próprios.

Zé Cruz entendia tudo e trabalhava duro. Mesmo porque o chefe liberava parte da colheita para seu consumo e para venda na feira. Passado algum tempo, entretanto, ah por que Seu Pedrão se ausentava tanto...

Delmira contou tudo. Falou da fraqueza de Nequinho, das plantas que teimavam em não crescer direito, das galinhas que não chocavam bastante. Cobras peçonhentas se arrastavam ameaçadoras por todo canto. O ladrão que ninguém via e o pavor de serem postos na rua. Finalmente, e essa a razão do segredo, os ciúmes de Zé Cruz. Por conta disso, vinha tendo maus pensamentos, tais como arrumar outro macho ou deitar veneno de rato na comida. Tudo isso, parecia-lhe, só podia ser mau olhado. Mãe Benedita ouviu em silêncio, de cócoras, preparando o cachimbo. Delmira entregou-lhe o ovo que trouxera no bolso da saia.

Reza que reza, benze que benze, aquele era só o começo da história. Uma boa gemada serviria para tosse. Como os problemas eram muitos e variados, teria que completar com firmeza de anjo da guarda, banho de ervas, descarrego, credo. Andava tudo muito esquisito ultimamente. Mãe Benedita voltaria para conferir.

Passados quinze dias, continuava tudo igual. É verdade que Delmira procurava seguir alguns conselhos, tentando fazer com que Zé Cruz fizesse o mesmo. Como, por exemplo, não esquecer de trancar a porteira à noite. Colocar formicida na laranjeira, mas só na quantidade certa, nada de exagero, se não a planta morria. Limpeza no galinheiro, vinagre na cabeça do menino para acabar com piolho – uma trabalheira.

Zé Cruz puxou a mulher com força para o quarto. Ela acabara de retornar da Assembléia de Deus que ficava três quilômetros distante. Mas ele achava que aquilo não passava de pretexto para sair de casa, haja vista a arrumação. Vestido estampado, boca pintada, até sandália no pé. Resultado: enquanto ela rezava, ele cismava.

Noite alta. O céu, que havia estado plúmbeo durante toda a tarde, começou a desfazer-se em água. Enquanto os mortais ressonavam, raios cortavam a madrugada com riscos e estrondos. O mundo submergia progressivamente.

Súbito, o barulho parecia vir do centro da terra. Algo rompia fragorosamente; era o poste de luz que ficava na entrada da chácara. Desabava por entre faíscas. Toda a estrada de terra que dava à casa principal ficou completamente às escuras.

O casal acordou. O que seria aquilo? Ninguém enxergava nada, o breu era completo. Zé Cruz pensou em apanhar a lanterna, mas desistiu; o medo foi maior. Pensando em algum castigo de Deus, agarrou-se à mulher e ficaram abraçados, trêmulos, ansiosos que o dia clareasse. Era mais ou menos seis horas quando resolveram levantar.

A chácara, toda ela, havia sido tomada pelo lamaçal. Para caminhar era preciso cautela. Devagar e sempre, conseguiram chegar à entrada bloqueada pelo poste caído. Para surpresa de ambos, havia um ajuntamento. Gente de chácaras e sítios próximos comentava exaltada o acontecido. O mais terrível, entretanto, ninguém havia presenciado, já que a polícia acabara de retirar um homem morto de sob o poste. Era um dos ladrões; o outro fugira. Ladrão com chuva? Muito estranho... Talvez fosse o próprio capeta que viera aprontar por aquelas bandas. Comentava-se com susto que o corpo fora enrolado às pressas e transportado.

Com um pressentimento, Delmira e Zé Cruz foram verificar a casa do patrão. Pela primeira vez, desde que havia assaltos, nada fora tocado. Lá estavam as louças, as cadeiras e o espelho;

bonés, casacos e sapatos de borracha. Tudo arrumado em seus devidos lugares. De olhos arregalados, constatavam o milagre. Deus havia mandado chuva na hora certa. Excitados com a descoberta, decidiram o passo seguinte: enquanto a mulher começasse a limpeza, o marido iria de bicicleta à companhia de eletricidade; não queriam outra noite sem luz.

Arruma que arruma, os homens passaram toda uma tarde para recolocar o tal poste. Zé Cruz e Delmira vasculharam o terreno, temendo cobras. Nequinho mastigava solitário. Aos poucos, ficava tudo normalizado.

Começou então a circular na vizinhança a história de uma benzeção que havia espantado o demônio, o coisa-ruim que tanto azar costuma trazer aos pecadores. Delmira pensava nos sinais evidentes da boa sorte e do tanto que as pessoas conseguem quando têm fé em suas preces e ações. E, principalmente, na necessidade de mantê-las secretas, só para si. Mesmo que o povo falasse e imaginasse coisas. É claro que ainda havia muito a ser consertado nessa vida. Por enquanto, contudo, era preciso aguardar com paciência e prosseguir trabalhando.

Certa manhã, pouco tempo depois do temporal, estava ela regando mudas recém-plantadas, enquanto Zé Cruz passava tinta branca no muro da casa principal. Havia um pressentimento.

Lá pelas onze, um automóvel apareceu ao longe, na estrada de terra. Era Seu Pedrão que chegava.

São José dos Cocos

A história era transmitida de uma geração a outra, vez em quando avós se pegavam comentando o episódio com os netos, pais com filhos, tios com sobrinhos, comadres, vizinhança, sempre de forma casual, a coisa ocorria de repente, naturalmente, a propósito de tudo e nada, e nem tomava proporções de boato, de tal forma já se achava incorporada ao folclore do pequeno município mineiro de São José. Era perfeitamente natural que, cedo ou tarde, os habitantes tomassem conhecimento do fato de que um dia chovera cocos, muitos cocos, nos telhados e cabeças de todo mundo. Torrencialmente.

É verdade que isso fazia anos e anos, ninguém sabia precisar direito se fora antes ou depois da Proclamação da República. Alguns se referiam aos anos quarenta, já depois da Segunda Guerra. Mas essas imprecisões eram irrelevantes diante do susto e do transtorno vividos pela população de umas três mil almas à época, em meio à súbita avalanche daquelas frutas graúdas, redondas e duras como pedra, caindo ininterruptamente durante uma hora, destelhando casas, quebrando postes, pondo o povo pra correr em busca de abrigo, até que, ao parar de uma vez, deixasse o lugar intransitável, as bolotas obstruindo caminhos, ruelas e pastos.

Durante um bom tempo, estabeleceu-se tácito silêncio em São José, na medida em que não havendo explicação possível para o fato, as pessoas preferissem guardar o acontecido para si, com medo talvez de algum castigo extraterreno para os pecados que viviam confessando ao padre. Foi só com o tempo que a coisa se transformou em estranha lembrança a ser cultivada e transmitida como herança aos moradores do lugar. De tal forma que um dia, já nos anos cinqüenta, o vereador Edmilson Praxedes, notório pelas iniciativas excêntricas, propôs que se mudasse o nome do município para São José dos Cocos.

Segundo a lenda, o nome original de São José se devia ao grande número de carpinteiros existente na cidade. Homens simples e trabalhadores, cujas habilidades com plaina e serrote haviam se transformado no orgulho da população, principalmente quando móveis e peças de madeira passaram a ser encomendados até do exterior. O fato extraordinário, entretanto, embora ocorrido em época indeterminada e sem qualquer registro na imprensa, justificava, no entender de Edmilson Praxedes, que se acrescentasse a especificação "dos cocos" ao nome da cidade. Pois, que além de terra de carpinteiros, aquela era uma terra onde, em algum momento desta era cristã, chovera cocos. Nada menos que cocos, com todo seu peso e quantidade, embora dos mesmos não tivesse restado vestígio, sequer um pedacinho de cocada conservado em museu.

Para desapontamento do vereador, no entanto, a proposta não foi bem recebida pelo povo. Alegando falta de respeito para com o santo carpinteiro, para com os carpinteiros não santos, e para com a comunidade joseense em geral, o povo saiu em passeata repudiando a idéia. Edmilson propôs um plebiscito, foi à rádio local – a televisão ainda não havia chegado lá – mas, com medo de perder eleitores, jogou a toalha. A verdade, no entanto, é que justamente essa proposta acabou servindo para que as pessoas não mais se esquecessem de que um dia – sabe-se lá qual – haviam caído cocos na cidade.

E era essa a história que durante anos os habitantes de São José foram incorporando à sua prosa do dia-a-dia, um fato entre tantos outros, tais como as histórias de disco voador que, vez por outra, assombravam os cidadãos, cobras cascavel que se enroscavam nas cercas das fazendas à espreita de novilhos recém-paridos, almas penadas, infestação de piranhas no rio que banhava a cidade, o Timbó. Sempre havia quem duvidasse de tudo, claro, aquilo mais parecia conversa fiada para tardes de calor em porta de barbearia...

Até que um dia, convocada pela maior cadeia de televisão do país, a vidente Clarisse, famosa em São José e adjacências, previu, ao vivo e em cores, um futuro terrível para a cidade. Antevia o rio Timbó completamente poluído; nem as piranhas resistiriam. A superpopulação – já umas trinta mil almas nos anos noventa – padecendo com o desemprego, mato crescendo em pastos abandonados, dinheiro escasso, pragas, assassinatos... A causa, dizia ela, era uma só: a recusa do povo em reconhecer os fatos sobrenaturais como bênçãos de Deus, verdadeiros prêmios que já poderiam ter transformado São José em atrativo para grandes investimentos em hotelaria, e portanto, em pólo turístico de primeira grandeza.

Por essa época, alguns dos carpinteiros mais conhecidos haviam ido embora, em busca de melhores condições de vida nos grandes centros. Fazendeiros arruinados haviam vendido terras que foram ficando abandonadas; uma fábrica de papel despejava grande quantidade de poluentes no rio... E tudo isso eram apenas prenúncios do que estaria por vir. Mas Clarisse insistia em que se o povo quisesse, poderia reverter todo esse processo, começando pela criação de um calendário de eventos da mais alta significação: o dia do disco voador, o das almas penadas, o dos cocos...Tudo com total transparência e lisura na aplicação dos recursos públicos. A cidade voltaria, com toda a certeza, a ser o oásis de felicidade que já fora um dia.

Clarisse era enfática diante das câmeras. O povo brasileiro – particularmente o de São José – a escutava com grande atenção. E foi assim que, movida pelo impacto de suas palavras, a comunidade joseense finalmente se mobilizou para que o calendário fosse proposto às autoridades, e logo posto em prática. O primeiro evento seria – ora vejam só – a mudança definitiva do nome da cidade para São José dos Cocos. O segundo evento seria a inauguração de uma rua com o nome do falecido vereador Edmilson Praxedes, que tanto se batera para rebatizar o município, sem contudo obter respaldo popular. Já o terceiro evento consistiria numa grande feira mística em homenagem às almas que visitavam becos e ruelas na calada da noite. Seria lançada também uma campanha voltada à despoluição do Timbó, a começar com o indiciamento dos diretores da fábrica. Propôs-se ainda a construção de um hotel de vinte andares...

FINA FLOR

6

Sob os Céus do Planalto

Mizael Rodrigues sempre quis dar aos filhos o que não teve na juventude. Mizaelzinho, por exemplo, ganha carro novo todo ano, e Mariana viaja freqüentemente a Miami, onde compra de tudo, voltando carregada de novidades que fazem a delícia e a inveja das amigas. A última viagem então nem se fala: a perspectiva da festa de quinze anos foi um estímulo a mais para que ela e a mãe, a conhecidíssima Naná Rodrigues, pusessem abaixo as lojas de enfeites. O carregamento de fitas, candelabros e arranjos de todo tipo acabou sendo de tal ordem que resolveram despachá-lo por correio antes de voltarem.

Quanto ao vestido, este já estava sendo devidamente confeccionado por uma costureira de Anápolis. Embora tecidos e aviamentos fossem importados, era preciso total discrição, e por isso escolheram a cidade vizinha, não sem antes terem todas as melhores recomendações do mundo sobre a profissional, verdadeira artista de costura e bordado. Desde logo, ficou estabelecido entre as três que nenhum detalhe do modelo a ser envergado pela jovem poderia ser divulgado. É que esse estava previsto para ser o ponto alto da festa. Sim, porque Naná, moça de origem modesta do interior de Goiás, iria realizar um grande sonho: vestir a filha como princesa. Como fonte de inspiração, pensara uma vida inteira em Sissi, a imperatriz, com saudades de todos os inesquecíveis filmes a que assistira na mocidade, sempre estrelados pela linda Romy Schneider. Entre todas as princesas de seu conhecimento, não havia quem se igualasse a Sissi. As modernas, por outro lado, eram apagadas para seu gosto.

Mizael, o pai, encanta-se com todas essas futilidades e graças que fazem da vida um sonho cor de rosa transformado em realidade. O fato de ser ele o patrocinador de tanto fausto causa-lhe exultação. Sente-se um vitorioso na Capital da República, em meio a autoridades, gente de governo, figurões. Embora tendo deixado os estudos pela metade, goza de prestígio indiscutível na alta roda. Isso porque depois de muito pioneirismo, tornara-se uma espécie de rei do material de construção. A grande loja situada no setor de indústria é apenas uma das filiais da rede espalhada pelo centroeste. Ainda muito jovem começara a trabalhar no ramo de louças e cerâmicas ao lado do pai, que tinha um pequeno negócio em Goiânia. Com o tempo, foi se tornando hábil na arte de vender pias, vasos, azulejos...

Anos se passaram, até que com a providencial transferência da capital para Brasília, acabou ampliando de uma vez o negócio que se revelava então promissor. Diversificou, inclusive. Além das louças, passou a vender pregos, ferrolhos, dobradiças, e outras tantas miudezas que contribuem ao acabamento perfeito de qualquer imóvel. De palácios a botecos, de hotéis a bordéis, a demanda cresceu e, como durante anos foi quase inexistente a concorrência, progrediu a olhos vistos.

Ei-lo então, depois de todos esses anos, casado com Naná, pai de um casal de filhos e dono de um império. Não é pouco. Ei-lo depois de tantos anos, envolvido em tratativas com garçons e manobristas. As encomendas começam a chegar e Mizael convoca os serviçais para darem conta das inúmeras bandejas. Mais tarde deverão chegar o ator contratado e o responsável pelos fogos. Enquanto isso, as donas da festa terminam os penteados no cabeleireiro.

Os seguranças também deverão estar a postos. Como nem tudo nesse mundo é perfeito, Mizael proibira terminantemente o comparecimento de um certo jornalista cujo nome não se pronuncia em sua presença. Não é cronista social, claro, mas um tal de Juca Pontes do *Diário da Capital*, que o difamara em duas grandes reportagens, aproveitando-se da indicação de seu nome para concorrer a governador. Embora isso nunca tivesse feito parte de seus planos, alguns amigos sugeriam que seria bom para os negócios, principalmente diante da necessidade já visível de fazer frente aos concorrentes que com o tempo foram se estabelecendo na cidade.

O tal de Pontes esmiuçara sua vida, referindo-se a empréstimos bancários antiqüíssimos que já haviam sido resolvidos e a relacionamentos suspeitos com alguns dos mais notórios contrabandistas da cidade. O pior, no entanto, foi a referência impiedosa à vida de nababo que supostamente levava. Tudo tinha sido com trabalho, com muito suor, sim senhor, e não via problema em colher os frutos da melhor forma que entendesse. Ainda que aos olhos daquele jornalistazinho de merda não fosse honesto o bastante para ocupar cargo público e não passasse de um caipira que fizera da vida a "perfeita síntese de Hollywood com Goiânia". Sentia-se capaz de pegar em armas ao lembrar do assunto. Para não criar animosidades, contudo, convidou outros jornalistas. Que viessem em paz usufruir da boca livre que ele e Naná preparam com tanto capricho.

* * *

Os convidados acomodados em suas mesas aguardam, não sem certa impaciência, o aparecimento da aniversariante. Já chegaram há algum tempo, o suficiente para admirarem o décor exuberante da imensa escadaria de mármore no interior da casa, e o toldo branco sobre a piscina em forma de coração. Flores por toda parte, nos centros de mesa e portais, sem falar no próprio jardim, onde luzes pisca-pisca cintilam nos arbustos.

Perfilados à espera, encontram-se rebentos da melhor sociedade local, rapazes escolhidos a dedo dentre jovens herdeiros de fazendas, cartórios, postos de gasolina. Filhos de magistrados e políticos também se fazem presentes. Trajados de fraque, cravo na lapela, doze deles fazem par com mocinhas em longos esvoaçantes. Os músicos ensaiam os primeiros acordes. O ator de novelas coloca-se ao pé da escada; é a ele que cabe receber Mariana e atuar como mestre de cerimônias anunciando a valsa do pai, a dele próprio, a do irmão, a dos convidados, quem sabe estaria entre esses o futuro príncipe?

Na verdade, o sonho mais secreto de Naná é justamente fazer da festa de quinze anos a etapa inicial para um grande casamento, algo que deverá consolidar para sempre o prestígio da já famosa família Rodrigues. Mesmo que demore um pouco

– sua estimativa vai de quatro a cinco anos no máximo – valerá a pena. São reflexões de uma mãe extremosa que quer tudo do melhor para si e os seus. Pensamentos que interrompe ao ver surgir no topo da escadaria aquela em quem deposita suas mais caras esperanças.

Aos acordes de *Fascinação*, os olhares se voltam para a figura que surge envolta em veludos e brocados. A cada passo que dá ao descer os degraus, mais nítidos se tornam os detalhes da indumentária. O corpete de veludo cor de vinho deixa descoberto o colo da menina. A cintura é realçada por ancas de brocado da mesma cor do corpete. Sob estas, avoluma-se amplo panejamento de organza cor de rosa que compõe a saia. Inúmeras aplicações de miçangas e canutilhos formam ora flores, ora pequenos laçarotes por toda a volta. Luvas também cor de rosa, de cano alto; sapatos de gorgorão com salto carretel encimados por borboletas de renda. Tudo isso lentamente cresce diante dos olhos. E nada se compara ainda ao esplendor da tiara de brilhantes cuidadosamente atada aos cabelos negros, que a partir do alto da cabeça formam cachos cilíndricos que se prolongam até a cintura. Pasmo geral.

O ator de novelas, habituado a grandes produções, ainda não vira algo assim na vida real. Procurando mostrar naturalidade, desempenha mais um papel em sua carreira. O *Parabéns*, o bolo em forma de castelo, *Danúbio Azul*, *Valsa do Imperador*. Mais tarde, uma musiquinha sertaneja para agradar o papai, e depois o sonzão alto de fazer tremer os alicerces. Fogos de artifício escrevem o nome de Mariana em meio a vivas e aplausos.

No dia seguinte, as colunas sociais comentam que nunca houve nada igual sob os céus do planalto. Do outro lado da cidade, entrementes, Juca Pontes pensa na próxima matéria que fará, com o objetivo de evitar que o Distrito Federal venha a ser governado por um certo escroque bem relacionado na praça. Mas essa já é outra história...

SIA Trecho 3 Lote 1.760
CEP: 71200-030 Brasília-DF
Tel: (61) 362-0008 Fax: (61) 233-3771
www.quickprinter.com.br
quick@quickprinter.com.br